L.-M. Korsch

Books Write Us

L.-M. Korsch

Books Write Us

Anthologie

Bibliografische Information der Deutschen Nationalbibliothek:
Die Deutsche Nationalbibliothek verzeichnet diese Publikation in der Deutschen Nationalbibliografie; detaillierte bibliografische Daten sind im Internet über http://dnb.dnb.de abrufbar.

Verlag: BoD · Books on Demand GmbH, In de Tarpen 42, 22848 Norderstedt, bod@bod.de

Druck:
Libri Plureos GmbH, Friedensallee 273, 22763 Hamburg

ISBN: 978-3-7693-0414-5

Inhaltsverzeichnis

ÜBER DAS LYRISCHE ICH

Es hat lange gedauert, bis ich realisiert habe, dass ich nicht über andere und nicht über anderes schreiben kann. Ich habe schließlich im Grunde kein Recht dazu und kann also eigentlich nur über mich selbst schreiben.
Wenn ich aber über mich schreibe, fühle ich mich egoistisch. Und bin es vielleicht auch.
Ich verstecke mich also hinter Zeilen und werde zu einem Fluss von Worten, einem abstrakten, immateriellen und vielleicht schon fast transzendenten Wesen; einem lyrischen Ich.

Ist das lyrische Ich das soziale Medium der Dichter und Denker? Die "Göttliche Komödie" nicht eigentlich das, was heute auf TikTok veröffentlicht, Dante ins Rampenlicht katapultieren und ihm Awards oder mindestens ein paar Wochen *Fame* oder eine Begegnung mit den Abgründen der *Cancel Culture* einbringen würde? Hat Kim de l'Horizon "Blutbuch" nicht vielleicht doch über sich geschrieben? Oder über mich? Oder über uns? Über uns alle?
Was werde ich, wenn ich mich niederschreibe? Werde ich dadurch größer oder kleiner? Sichtbarer oder unsichtbar? Wichtig oder nichtig? Bin ich nicht erst in der Schrift - oder doch schon im Schreiben - ganz da?

Bücher sind für die Ewigkeit. Das wissen wir, weil wir heute noch Goethe oder Kafka lesen oder lesen müssen, die Freude

oder das Leid erfahren dürfen, sie zu analysieren und letztendlich aber doch eigentlich mehr über uns selbst erfahren als über Faust oder Karl Roßmann. Weil wir unsere Deutschlehrkräfte für ihre Stilmittelpenetranz verachten und ihnen unterstellen, in die rote Farbe der Tür doch etwas zu viel "hineinzuinterpretieren", vergessen wir, zu sehen, dass sie uns eigentlich unsere Identität zu finden helfen. Und wir übersehen auch, dass sie die Ihre vielleicht selbst noch nicht gefunden haben.
Vielleicht erinnern sie sich gerade an die ersten Gedichte, die sie selbst analysieren mussten. Vermutlich haben auch sie sich darüber beschwert.

Wir nehmen während Diskussionen über literarische Werke allenfalls den Austausch wahr; aber wie oft pausieren wir, um nicht nur darüber zu sprechen, wie ein Text auf uns wirkt, sondern ihn wirklich auf uns wirken zu *lassen* und ihm den Einfluss auf uns zu geben, der ihm gebührt? Unsere Wahrnehmung beeinflusst unsere Identität und unsere Identität unsere Wahrnehmung. Wie oft lesen wir Texte, Werke, Schriften, denen wir uns verbunden fühlen und denen wir uns vielleicht sogar ein wenig angleichen wollen?
Wenn ich also einen Text höre, mit dem ich mich identifiziere, wer ist dann das lyrische Ich? Ist es di*er Autor*in? Bin ich es? Sind wir es alle, die wir uns in ebenjenem Text wiederfinden? Sind es all die Stückchen Seele, die herumgeistern und denen mensch in den Zeilen des Textes ein Zuhause gegeben hat?

Manchmal stelle ich mir vor, der Abstand zwischen den Wörtern eines Satzes sei die Luft zum Atmen. Die Buchstaben werden zu Wasser, die Satzzeichen zu Brot.
Und ich höre auf, mich zu fragen, warum mir einzig das Schreiben jemals das Gefühl geben konnte, wirklich zu *sein*.

DARF ICH DAS?

The world is on fire.
The world is on fire, and I wish this were simply a quote from a great Song called "Wicked Game", aber das ist es leider nicht.
Der Planet brennt. Das ist kein böses Spiel, sondern bittere Realität. Und das nicht mal nur im wörtlichen Sinne.
Wir brennen alle.

The world is on fire.
The world is on fire and there is no way out.
The world is on fire, and it gets worse every day.
The world is on fire, and we are *making* it worse every day.

The world is on fire. And here I am.
Sitting in my apartment with the blinds closed and the A/C on to survive the heat that we have brought to this planet.
The world is on fire, and I am writing.
Warum?
The world is on fucking fire, hast du nichts Besseres zu tun?
Nein. Die Welt brennt und das Schreiben ist meine Art, sie zu löschen. Aber bringt das überhaupt irgendwas?
Helfe ich ihr oder vernichte ich sie weiter?
Ich weiß es nicht.
Ich sitze hier und ich schreibe und ich schreibe und ich schreibe und …

Und ich frage mich immer wieder: Darf ich das?

Sollte ich nicht lieber etwas anderes tun? Aktivismus betreiben? Alle Leute anschreien, die sich nicht vegan ernähren? Auf sämtliche Demonstrationen gehen, die mich in irgendeiner Form ansprechen? Jeden Cent, den ich entbehren kann, für wohltätige Zwecke spenden? Bäume pflanzen? Die Reichen ausrauben und das Geld den Armen geben?

Ich glaube, dass das nicht mein Weg ist. Im Schreiben bin ich aussagekräftiger, relevanter, überzeugender, wichtiger.

Also schreibe ich. Und trotzdem ist da immer diese Frage in meinem Hinterkopf.

Darf ich das?

Schließlich muss ich meine Texte später noch abtippen, dafür brauche ich wertvollen Strom, den wir nicht entbehren können. Überhaupt, mache ich mich nicht schon dadurch selbst schuldig, weil ich Papier verwende und Bäume dafür sterben mussten? Ich werde nachsehen, ob es recyceltes Papier ist.

The world is on fire und ich schreibe. Darf ich das?

PAPER

Paper is sacred. Trees died for it.

Maybe that's why it feels like oxygen to me.

It's so strong, too. Has to bear so many of our emotions and burdens and still never even complains. Learns so many of our misdeeds and deepest secrets and yet remains forever loyal, never tells on us.

It never forgets. You can erase most of what you told a page, but the traces of it will remain. You would have to burn it to be free again, to burn it fully.

Yet it always forgives. No matter the blood on your hands or the tears on your cheeks, it is a promise of some small comfort. A shoulder to cry on.

A soulless spirit to listen to your fears, hopes, and dreams.

There are so many chances and opportunities one can only bring to life on a clean sheet. I wonder just how much chaos has only been shaped properly because there was a way to structure it visually, how much despair has been prevented for this very reason.

Where would we be today without it?

What would this society look like if writing had never been invented, and we still had to rely only on verbal communication? With every language we learn, these tiny strokes called letters can be arranged in new ways and what may have been a key

smash - as it is so beautifully called - to us before, suddenly has sense and meaning and no longer looks like a cat has been napping on our laptop.
But what if it had been the cat?
What if letters had always remained mere strokes?

At the same time, paper is fragile. It can rip easily and, as traces are not entirely removable, if you err one time too many you might have to start over and get an entirely new piece and write everything down once more.

I said paper is sacred, and I truly believe it is.
Observe what people do with it.
Books, sheets of music, concepts, checks, bags, notes, letters, envelopes, physical calendars, and schedules:
They are all usually on paper.
Printed. Drawn. Written.

"If we want to print something, we need ink, too."
Well, yes.
But there is a use for paper without ink - you can fold it, glue it together, or something else onto it - but there is no use for ink without paper. What would you do? Splash it on the ground? And we pay for it. Either with money or with time and effort to make or recycle it ourselves. Have you ever seen how paper is made? How complex of a process it is? How many steps and how much patience it takes?
Finally, how many people out there have bought notebook after notebook? Were eager to fill them with ideas but deemed them so valuable that no idea was ever good enough to find a place? Stack them on their shelves, yet leave all of them empty?

Paper is sacred. Trees died for it.
Maybe that's why it feels like oxygen to me.

VOM GENDERN

Wenn ich von mir selbst schreibe, frage ich mich oft, wie andere über mich schreiben würden. Wie sich mein Name unter ihren Fingerkuppen und auf ihren Lippen anfühlt. Welche Pronomen sie verwenden würden. Ob sie dem nicht mehr neuartigen, gesellschaftlichen Drang nach Selbstverwirklichung innerhalb der Sprache gemäß gendern und mich mal "sie", mal "dey" nennen. Oder ob ihnen das zu viel Aufwand ist. Sie sich dem Druck der Gendergegner beugen.

Ich frage mich dann, ob ich - wenn ich das wüsste - noch mit ihnen sprechen würde und könnte; wo sie doch einen Teil meiner selbst gesuchten und gefundenen, selbst erkämpften, selbstständig zusammen gepuzzelten Identität verleugnen. Denn Schweigen kann schlimmer sein als jedes Sprechen.
Ich frage mich, ob sie unsere Unterhaltung darüber, mein Coming-Out, die WhatsApp-Chats vergessen haben. Ob sie es damals einfach hingenommen oder untereinander doch noch darüber gesprochen haben. Sich meine Antworten auf ihre Fragen zu Herzen genommen und von da an auch andere anders wahrgenommen haben.
Ich frage mich, wie diejenigen, denen gegenüber ich diesen eröffnenden Schritt noch nicht gemacht habe und deren Meinung ich zu diesem Thema nicht kenne, reagieren würden. Teilweise weiß ich gar nicht so recht, warum ich ihn noch nicht gemacht

habe. Habe ich Angst? Und wenn ja, wovor? Sie können mir das alles schließlich nicht wegnehmen.

Und ich frage mich, ob ich jemals Antworten auf diese Fragen finden werde. Menschen reden selten über dich, wenn du danebenstehst. Vielleicht würde ich ja merken, dass diese Pronomen gar nicht zu mir passen. Das glaube ich zwar gar nicht, denn das eine Mal, als jemensch mich in der Caption eines Instagram-Posts tatsächlich mal "dey" nannte, habe ich mich gefreut und plötzlich sehr warm und akzeptiert gefühlt, aber wer weiß. Dauerhaft gesehen kann ich es nicht ausprobieren, nicht schauen, wie ich mich damit fühle.

Ich frage mich, ob wir lügen, wenn wir jemenschen missgendern. Denn eigentlich sprechen wir ja dann nicht wirklich über diese Person. Wir sprechen dann über etwas, das nicht existiert; aber weil wir darüber sprechen, implizieren wir eine Existenz und das ist falsch. Eine Lüge also.
Menschen werden zu Lügen und zu Lügenden und ich frage mich, ob nicht unsere gesamte Identität und unsere ganze Gesellschaft genau so aufgebaut ist. Immer frei nach dem Motto: "Fake it till you make it."

Warum sprechen wir nicht immer in Kollektiven?
Wenn doch - und dessen bin ich gewiss - alles schon mal gesagt und alles schon mal getan wurde, es also nur noch auf die Art und Weise ankommt, warum sprechen wir dann nicht öfter von einem "Wir"? Warum lernen wir nicht, dass die Farbe unseres Blutes immer rot bleibt und wir alle immer die gleiche Luft einatmen, wir also alle auch immer die gleichen Emotionen verspüren und Wünsche haben, selbst wenn wir sie unterschiedlich wahrnehmen?

DIE AKZEPTANZ DER
SCHREIBENDEN

Um zu schreiben, muss ich denken. Mich mit Dingen auseinandersetzen. Sie drehen und wenden, immer und immer wieder, vor und zurück, von links nach rechts.
Ich darf nicht einfach sein, sie nicht einfach hinnehmen. Ich muss erst werden. Mich vom Passiven ins Aktive bewegen. Muss mich mit ihnen befassen und mir eine Meinung über sie bilden. Selbst wenn diese Meinung vielleicht gerade ist: "Ich weiß nicht genug darüber, um es beurteilen zu können; ich möchte mich deshalb momentan nicht dazu äußern."

Wenn ich Dinge akzeptieren würde, müsste ich nicht über sie schreiben. Es ist erst der Prozess des Schreibens, der die Sache zu einem Teil meines Wesens macht. Erst das Finden von Worten lässt mich meine Perzeption auch wirklich verarbeiten.
Es ist ein bisschen so, als schriebe ich meine eigene Bedienungsanleitung. "So bist du und so ist das Ding. So siehst du es. Diese Facetten davon sind dir bisher verborgen geblieben. Hier ist es schon gut, hier ist es das noch nicht und so passt ihr zusammen. Auf diese Art kannst du es verändern und anpassen, wenn das notwendig sein sollte."

Wenn ich etwas sehe, höre, lese, wahrnehme, muss ich es erst zerdenken, um damit klarzukommen. Und *natürlich* ist das anstrengend, manchmal ist es schon fast eine Tortur. Und *natürlich* wollen die meisten diese unfreiwillig erworbene Fähigkeit loswerden.

Aber das ändert nichts an den Gegebenheiten. Ich kann mir meine Art, mit Dingen umzugehen, nicht aussuchen und sie mir nicht einfach an- oder abgewöhnen. Oberflächliches Denken war mir nie möglich, ich kann nur in die Tiefe gehen.

Warum auch nicht?

Das Zerdenken - Overthinking - wird immer so negativ dargestellt; dabei sind es meistens die Zerdenkenden, die wirklich leben. Nur wer wirklich lebt kann so viel auf einmal im Kopf haben, eine solche Wucht an Empfindungen überhaupt *über*leben und über so vieles gleichzeitig nachdenken müssen; denn das ist, was das Leben ausmacht. Wer wir sind.

Woher wüssten wir ohne das Zerdenken, wer wir sein wollen? Wie wir uns verändern können, sofern wir das möchten ... und es vielleicht auch müssen?

Wenn die Akzeptanz ein Zustand wird, ist sie nicht länger vorhanden. Sie muss immer ein Prozess bleiben.

Nimm es wahr, nimm deine Gedanken dazu wahr. Erst der zweite Gedanke zählt; der erste ist der, den man dir anerzogen hat.

Reflektiere.

Hol dir Meinungen und Informationen dazu.

Sprich darüber.

Nimm wahr, wie sich unterschiedliche Haltungen dazu für dich anfühlen. Schreib auf, was übrigbleibt. Lass dir Zeit dafür. Der Weg vom Gehirn auf das Blatt ist der wichtigste.

Wenn ich also schreibe, werde ich.

Wenn ich ein Blatt gefüllt habe, bin ich.

Und wenn all meine Gedanken einmal Tinte sind, werde ich gewesen sein.

FROM WRITER TO AUTHOR

She's the poet.
She's the muse.
She can kill or heal your blues.
She can't rhyme very well - unless she has the help of a dictionary and tries very hard -, but there are worlds in her mind that are yet unseen, creatures and languages yet unheard of, and entire universes she could write into existence.
Her brain is so full that she forgets her origins sometimes. Her own name long dismissed from her mind, hundreds of characters and personalities are brought into creation.
She denies and forgets herself to hold space for others. Pushes other things away to focus solely on her passion. Knows she has to sharpen her tongue and to soften her approach.

There is complete awareness within her of the fact that she needs others, that she can only tell stories if there are stories to tell. All kinds of human beings are fascinating to her, and she is eager to talk to those smarter or more experienced than her at all times.

She lives her own life, but she wants more; so, she steps into her imagination, learns things she has never had access to, explores places she has never been to, meets people that do not yet exist.

The thought of neglecting duties would never even cross her mind; she just works differently than those who try to picture her doing it. If the world around her is too boring or too overwhelming to stay in, staring into space is her most common activity. She has mastered the art of escaping to a different place.

There are things, concepts, and traits she doesn't understand, so she envisions scenarios that can help her. She broadens her horizon all the time, simply to create new settings. She's inspired by all things, mundane or mediocre, exciting or thrilling. Narrow-mindedness never suited her, being open to what is new to her is her brand. Nothing seems more enriching to her than passion and knowledge, things that spark the drive within her and compel her to bring pieces of art to life.

Emotions rush through her and emotion she carries; steps out into the world and multiplies it with every breath, every glance, every touch. She is so powerful in what she does that many don't even notice her influence. She brings them together, unites them in ways thought impossible.
If there is no path, she will make one and if there are obstacles, there is no hesitation. Fueled by desire and admiration by and for others, she moves forward relentlessly.

One more word.
One more line.
One more page.
One more chapter.

And then - finally - a book she can cherish.
Work she can praise and be proud of.

WIE SICH DAS SCHREIBEN ANFÜHLT

Mein Gehirn ist eine Schreibmaschine. Meine Hand ist ein Computer, der Stift mein Softwareprogramm und das Schreiben mein Lebensinhalt und -elixier.

Aber am wichtigsten ist der Radiergummi, denn ohne Fehler kann ich nicht Mensch gewesen sein.

Da ist ein Diktiergerät in meinem Kopf. Es wirft mir Sätze zu und wenn ich diese nicht schnell genug auffangen und aufschreiben kann, habe ich sie und damit einen Teil meiner selbst verloren.

Die Bewegung meiner Hände bringt einen Rhythmus in das System. Sie notiert Regelstrukturen, die ich selbst erfinde. Mit meiner eigenen Grammatik erschaffe ich Bilder, Wege, Möglichkeiten; Grenzen, Gedanken, Gefühle, Gesetze und lasse Menschen ihre Seelen neu entdecken. Ich bin überall und nirgends, jede*r und niemensch, ein Sein und ein Nichts. Ich werde zum Fließen und zum Feststecken und fließe über die Seiten, während ich in mir und den Welten in meinem Kopf feststecke und sie nach außen zu tragen, die Seiten mit ihnen zu füllen versuche. Eine*n Übersetzer*in gibt es dabei nicht. Es geht oder es geht nicht, jemensch versteht es oder versteht es nicht; ein*e andere*r könnte es nicht für mich schreiben, denn dann wäre es nicht echt und etwas Verfälschtes verfälscht auch die Wirkung.

Ich weine und blute Tinte. Meine Haut ist Papier.

Es ist weder Beruf noch Berufung, es ist mein Leben. Ohne es bin ich wertlos, machtlos, passiv, unwirklich, eine Fälschung meiner selbst. Meine Texte sind mein Körper, einen eigenen habe ich nicht. Die Worte sind meine Seele und sie fließen aus mir heraus, reißen mich mit wie die Strömung eines Flusses, machen mich zu einem Wasserfall ohne verständliche Satzstrukturen, lassen mir keine Zeit aber geben mir Raum, verleihen mir Flügel und plötzlich kann ich atmen, atmen, ich kann endlich wieder atmen!

Die Zeilen haben keine Ohren, aber sie hören mir zu wie kein*e andere*r und sind gleichzeitig ein Flüstern und ein Schreien, ein Freuen und ein Weinen, ein Leben und ein Sterben, Vergangenheit, Gegenwart und Zukunft, abstrakt und konkret. Sie sind alles für mich.

Die reinste Form meines Wesens ist die schreibende. Die denkende. Die imaginierende.

Das pure Weiß des Papiers unter meinen Fingerkuppen mit Leben, Wissen, Farbe zu füllen ist meine Droge und ich kann und kann und möchte einfach nicht, nie, *niemals* damit aufhören und ich will und will und *werde* weitermachen, bis ich keinen Stift mehr halten, nicht mehr tippen und niemenschem mehr etwas diktieren kann.

Das Schreiben ist Erfüllung und Verzweiflung.

In keiner Sprache, die ich kenne - und vermutlich in keiner, die überhaupt existiert -, gibt es genug Worte dafür ... und schon gar keine treffenden.

Write, world, write.
Write until your lungs go up in flames.

THE WINDOWSILL

I think a window is a symbol of writing.

You can see what is happening outside, but you can also redirect the focus and turn it inwards; to yourself.

I've always admired windows and often looked out of them. From windows beneath the ground - staring up at the sun -, to gazing down from a building as large as The Shard in London. Both are wonderful and important experiences, and they help you truly realize just how small and insignificant you are in the vastness of existence. There is nothing as grand as that, not one deed more noble. We are nothing compared to this universe, and nothing is eternal; not even writing.

A window can work like a mirror, helping you see things from a different perspective. It can work as an exit when all the doors are locked. Provide you with air and warm you up with sunshine or cool you down with a soft breeze. Connect you to the world, bring sounds to your ear, and light to your eyes.

Yet, when everything becomes too much to bear, you can always choose to shut it. Close the blinds, pull the curtains.

Windows are magnificent.

They come in all different shapes and sizes and despite the fact that we all know what they are, not one person will ever be able to look in or out through all the many windows in the world.

Then there is the glass itself. It can be a cool comfort, protection from heat, almost a breath of relief. But beware, for if it shatters it can cut, can hurt, might even be lethal.
Sharp. Clear. Beautiful.
Yet if it's covered by a curtain, if there is too much dirt and dust that has accumulated, how are we to see out of it?

Is not this the very essence of any written work?
Is not a paragraph a portal to a different world? A phrase an invitation to one or to multiple different perspectives?
Both threat and relief? Poison and cure?
The possibility of learning from those we can and will never meet? Oh, how much knowledge there is available only in words on paper. How tragically beautiful are the loss of a ripped page and the gilding of a yellowed one.

How many of us escape to different places every night that keep us up until 3 am? How many friends have we made because of this same shared passion? How many places did we visit or recognize, how many characteristics did we discover only through this wonderful opportunity?

Hardcover or paperback, collections or short texts, fiction or non-fiction, creative or scientific, series or standalone:

A piece of writing is sacred.
A piece of writing is a window.

ON TRANSLATING WRITING

Ich möchte ein Buch lesen. Aber ich spreche die Sprache nicht.
Aber ich möchte das Buch lesen.
Also lese ich eine Übersetzung. Und mache dabei einen schwerwiegenden Fehler: Ich glaube, das Buch zu lesen.
Dabei lese ich in Wirklichkeit eine veränderte Variante davon. Denn höchstwahrscheinlich wurde es nicht von der*m ursprünglichen Autor*in übersetzt. Damit enthält es Inhalte und Aussagen, die das Original nicht enthält. Andere, die vielleicht wichtig gewesen wären, fehlen möglicherweise.

Warum? Very simple.
Wer einen Text schreibt, gibt diesem eine persönliche Note. Wer ihn übersetzt, setzt eine neue obendrauf.
Jede*r - oder zumindest viele und jede*r, di*er sich schon einmal Gedanken darüber gemacht hat -, di*er mehr als eine Sprache spricht, weiß, wie unterschiedlich das sein kann. Dabei ist es egal, ob Mutter- oder Fremdsprache und es geht auch nicht um die korrekte Artikulation und Aussprache einzelner Wörter.
Es geht um Bedeutungsnuancen. Um Energien.
Manchmal kann man das sogar unmittelbar hören, denn bei einigen Menschen ändern sich auch Tonhöhe und Stimmfarbe, je nachdem, welche Sprache sie gerade sprechen.

Was wiederum bedeutet, dass sogar eine Übersetzung, die von der*m ursprünglichen Autor*in stammt, dahingehend fehlerhaft sein kann; wobei sie natürlich verhältnismäßig das geringste Fehlerpotenzial besitzt und also noch am ehesten eine Option sein sollte.

Tá mé tuirseach.
Jag är trött.
Fessus sum.
Sono stanco.
I am tired.
Ich bin müde.
Ein einfacher Satz. Aber sechs verschiedene Strukturen, Empfindungen, Intensitäten.

Ich spreche bei Weitem nicht die Menge an Sprachen, von denen ich gerne ein tiefgehendes Verständnis hätte. Aber die, welche ich bisher entdecken durfte, reichen aus, um zu verstehen, wie unglaublich wichtig die Differenzierung ist.

Ich rede nicht von Satzstrukturen oder Grammatik.
Ich rede auch nicht von Rechtschreibung und Interpunktion.
Es braucht kein Studium der Linguistik, einer bestimmten Sprache oder der Literaturwissenschaft. Das kann unter Umständen teilweise helfen, das, was ich gerade sehr abstrakt beschreibe, besser zu verstehen.

Aber ich spreche von Bedeutung.
Intuition. Von Gefühl. Wahrnehmung.
Und ich meine, dass das, was ich sage, nie - *niemals* - das ist, was du verstehst.

A LIFE IN A BOOK SLEEVE

My eloquence comes from reading.

I might have learned how a word is used in context but could neither tell you how it is pronounced nor precisely what it means on its own.

Most of my knowledge about the world comes from reading. I could listen to or watch the news, of course - and I do -, but I would not know why someone might want to start a war, had I not had access to a history book.

I wouldn't know what magic is without the fantasy genre and therefore have been forever obnoxious to the fact that there once were - and in some ways and places still are - witch hunts.

Someone could have explained a concept to me, but I would have had to ask again five hundred times, if not for the chance to research it myself.

My friendships would lack a whole lot of topics for conversation without Sherlock Holmes and Bilbo Baggins, and some of them could not even exist.

There would be only a significantly smaller number of mythical creatures since none of their tales would have been reported and brought to our modern days.

Researching languages would often be a rather fruitless endeavor without evidence of their change and use.

We couldn't debate whether Shakespeare really wrote his own plays and could not credit Joseph Sheridan Le Fanu as inspiration for Bram Stoker.

How little we would know about many important and influential people without their autobiographical take and the perspectives of their acquaintances.

How little we would know about our own ancestors and the struggles they faced.

How difficult it would be to study.

I wonder what libraries would have been used for and how people would have felt if the Great *Empty Room* of Alexandria had burned instead.

And what, I wonder, would this world have been without the various texts which are the very foundation of many religions? The ones they quote all the time, this essence of so many liturgical practices and prayers?

What about the ancient gods? What without the knowledge about life within those polytheistic cultures we still hear and talk about to this day?

What about controversial polemics? How much room for discussion would we have without all these topics such texts provide?

What would life look like without books?

She's afraid, and he is running, but neither of them quite fit this
highway I am picturing.
I suppose I could work with this - I could actually work with
this very well... except that the scene takes place *within* the car,
not outside of it.
There's this song I listened to and, all of a sudden, there was
this huge battlefield, and everyone was singing while fighting
for their lives and waiting for the king to fall.
I suppose I could work with this - I could actually work with
this very well... except that the scene takes place in a *forest* and
there are no enemies that could fight against one another.
This man would be a great addition to the story, but I'm writing
sapphic polyamory.
A lake sounds like a wonderful setting but doesn't fit the desert
I've been describing for the last three pages, and I *really* don't
know how to account for so many plot holes.

Am I inspired or am I copying?
How many times has this exact plot been written, this same
idea been executed before?
Does this character consist of too many stereotypes? Are there
any prejudices showing that I am unaware of even having?
How do I redeem this villain I don't actually want everyone to
hate? Why are my inciting incidents always so brutal, my hands
always so full of blood?

Should I plan and brainstorm first or jump right into it?
How do I make sure there are no contradictions?
Do I wait for motivation to hit me or rely mostly on discipline?
The whole scene is laid out in my mind and playing in my head on repeat, so why is it so difficult for me to find terms with which to describe it?
I keep forgetting how to spell words and in which order to sort my adjectives. Is this sentence missing a comma? Why did I just use the same phrase twice?

Why is a blank page so damn scary?
I know my world like the back of my hand and have about as many Pinterest boards as I currently have ideas, and they're so very and completely unrelated to my story that the only things left are pressure and confusion.
I am lost between a three-act structure, the idea that I am required to strictly follow it, and the fact that my outline simply doesn't. My chapters are important, but I can't tell if and how they really keep my story moving forward, if there is really any progress.
Can the reader see that there is character development?
Am I too preoccupied with world-building or is this maybe not quite detailed enough?
What was the name of this side character again?
Do they have enough backstory?
Should I mention them more often?

What are words?
How do people actually ever finish writing a book?

BARE YOUR SOUL

Writing - *good* writing - requires vulnerability.

Raw, unflinching emotion.

It requires you to be brutally honest - both with yourself and with others.

You can't hide.

If you're writing, you'll inevitably reveal everything about yourself; be it the content or the words.

You'll reveal where you were raised, and how you were educated. Your age. Your gender. Any trauma you may have: It will be evident.

Even if you try to cover it up.

How do I know?

I have attempted to write a character in a way that would not reflect any of my own stories. But when I took a step back, I realized I had left a combat zone and had mocked and made a fool of myself in the most ironic way possible.

But that's okay.

That's what makes it unique, after all, and what lets me notice that I am not simply a machine that has been fed some lines and creates a story that's got no substance, no heartfelt emotion, no nothing.

Your writing is so personal that it even beats the very essence of any impostor syndrome.

Not consciously, of course.

But you have to understand that it doesn't matter how many times someone else has told this story, they weren't *you* and therefore told it differently. And no, their writing was *not* better or worse than yours, because that is a subjective judgment, and someone out there will prefer yours over all the others and praise you exactly for what some may criticize.

Truthful and authentic writing is perhaps the only form of it - aside from diary or journal entries - that will never require an audience.

Sharing your work with others can certainly be an enriching choice, but the path your words will create is yours, and yours only. It is a journey of self-discovery and, really, there is nothing more fulfilling than to be truly and fully aware of one's own being and radically accepting of the self.

So don't be afraid to write what is dear, true, and important to you. Why hesitate?

No one has to read it.

You can burn it afterward, if you want to be very sure. Rip the pages. Tear the lines apart. Run water over it.

It doesn't have to be permanent.

Breathe.

It's okay.

It might just require further reflection.

There's nothing wrong with you.

You're okay.

Just breathe and then give a piece of yourself up to the page.

Can you hear your future calling out to you?

Bear your soul to me, it says.

I promise it will be worth the sacrifice.

BÜCHER SCHREIBEN UNS

"Warum lachst du nie in deinen Bildern?"
Weil mensch mir sagte, Authentizität sei wichtig und besser als alles andere. Besser als Perfektion.
Weil ich nur authentisch bin, wenn ich die dunkleren Facetten des Lebens aufzeige.

Obwohl ich glücklich bin, bin ich kein fröhlicher Mensch und ich weiß, dass auch das Glücklichsein - genau wie alle anderen Emotionen - nur eine Phase ist. Ich darf sie genießen, aber ich muss sie vor allem schätzen, um sie noch länger behalten zu dürfen.
Meine Bilder repräsentieren das, was ich tue und auszudrücken versuche. Würde ich lächeln, so wären sie nicht länger dazu in der Lage. Sie würden mich nicht wahrheitsgemäß porträtieren und anderen eine Persönlichkeit suggerieren, die so nicht existiert - und deren Existenz ich nicht möchte.

Meine Texte sind nicht dazu geeignet, Menschen in eine bessere Stimmung zu versetzen. Das ist auch nicht die Intention dahinter. Sie sollen keine Witze erzählen und nur selten jemenschen zum Lachen bringen.
Sie sollen zum Nachdenken anregen, für eine tolerantere Welt mit weniger Hass und ausschließlich gesunder, produktiv verarbeiteter Aggression sorgen.
Identität stiften, wo man eine solche vorher verleugnete.

Sie sind eine Kampfansage an das Leben und eine Hommage an den Tod.

Eine Umarmung für die Unverstandenen und eine Erinnerung an die Vergänglichkeit für diejenigen, die nie lernen mussten, wie es ist, aufgrund der bloßen Existenz des Selbst um die eigene Sicherheit zu fürchten.

Sie sind ein Zeichen des Mutes für alle, die sich die Einsamkeit zum Zuhause gemacht haben.

Wenn ich über die Dinge in dieser Welt nachdenke, regt sich etwas in mir. Irgendwo zwischen rigoroser Resignation und unendlicher Wut suche ich mir ein Medium, mit dem es sich schreiben lässt und sobald ich begonnen habe, merke ich, dass der Text bereits geschrieben ist - irgendwo in meinem Herzen - und ich ihn nur noch nach außen tragen muss.

Ich bestimme nicht, was und worüber ich schreibe. Wenn die erste Zeile steht, kann ich nicht erkennen, wo die nächsten mich hinführen werden. Erst nach der letzten registriere ich, dass ich schon immer zum Schreiben dieser exakten Worte bestimmt war und vielleicht einzig deshalb überhaupt in diese Welt kam. Das Schreiben gibt mir eine Stimme, mit der zu Sprechen ich nie fähig war. Es gibt mir einen Körper, der zugleich bei mir selbst und bei anderen sein kann. Es gibt mir einen Grund für meine Existenz, nach dem ich ansonsten vergeblich suchen müsste.

Und so schreibe ich nicht wirklich Texte - und schon gar keine Bücher.

Sie schreiben mich. Sie geben mir Leben.

Bücher schreiben uns.

ERWÄHNTE WERKE
(IN ENTSPRECHENDER REIHENFOLGE)

MENTIONED WORKS
(IN ORDER)

- Divina Commedia – Dante Alighieri
- Blutbuch – Kim de l'Horizon
- Faust I *und* II – Johann Wolfgang von Goethe
- Der Verschollene *oder* Amerika – Franz Kafka
- Paint it, Black – The Rolling Stones
- Wicked Game – Chris Isaak
- Canon of Sherlock Holmes – Sir Arthur Conan Doyle
- The Hobbit – J. R. R. Tolkien
- The Complete Works of Shakespeare – William Shakespeare
- Carmilla – Joseph Sheridan Le Fanu
- Dracula – Bram Stoker
- *Various religious texts*
- Snorra Edda – Snorri Sturluson
- The Satanic Bible – Anton LaVey
- *Future works by L.-M. Korsch*

ÜBER DIE AUTORIN

ABOUT THE AUTHOR

L.-M. Korsch (*2005), bekennende Sprach- und Musikliebhaberin, hat es sich zur Aufgabe gemacht, konventionelles Denken und gesellschaftliche Normen herauszufordern. Durch ihre Texte teilt sie ihre einzigartige Sichtweise und inspiriert andere, eigene unkonventionelle Pfade zu beschreiten, um den Grundstein für eine integrativere und vielfältigere Gemeinschaft zu legen. Ihr Weg ist ein Beweis für die Kraft der Selbstakzeptanz und der Erfüllung eines authentischen Lebens.

L.-M. Korsch (*2005) is an avowed language and music enthusiast on a mission to challenge conventional thinking and societal norms. Through her writing, she aims to share her unique perspective and inspire others to embrace their own unconventional paths, paving the way for a more inclusive and diverse community. Her journey is a testament to the power of embracing one's true self and the joy of living authentically.